spend time with someone who makes you smile

Be delightful

Be creative

3 0738 00163 1422

D0786286

celebrate life

chase clouds w your eyes

Take turns

Always look on the bright side

GROW

Be kind

Appreciate the little things in life

No one is just like you

Take your time

Ride the waves

Notice beauty

Evolve

Be mindful

Be a friend

Accept others

Be thoughtful

Hold on tight to your dreams

YOU Be YOU
Sé Siempre Tú

Linda Kranz

Traducción de Teresa Mlawer

TAYLOR TRADE PUBLISHING
Lanham • Boulder • New York • London

Published by Taylor Trade Publishing
An imprint of The Rowman & Littlefield Publishing Group, Inc.
4501 Forbes Boulevard, Suite 200, Lanham, Maryland 20706
www.rowman.com

16 Carlisle Street, London W1D 3BT, United Kingdom

Distributed by NATIONAL BOOK NETWORK

Text and illustrations copyright © 2011, 2014 by Linda Kranz
Designed by Maria Kauffman
Photography by Klaus Kranz

British Library Cataloguing in Publication Information Available

Library of Congress Cataloging-in-Publication Data Available

ISBN 978-1-63076-021-2 (cloth : alk. paper) — ISBN 978-1-63076-022-9 (electronic)

Printed in Johor Bahru Malaysia
July 2014

For Sue L.

Thank you for your enthusiasm and friendship.

Gracias por tu entusiasmo y amistad

—L.K.

Adri bounced. He glided.
The expression on his face was pure joy.
He had been out all day exploring,
and now he was swimming home.

As he made his way through the ocean waves,
he couldn't help but notice that . . .

Adri salta, se desliza.
Su rostro es pura alegría.
Ha estado explorando todo el día
y ahora nada de regreso a casa.

Y mientras Adri se abre camino entre las olas del mar,
se da cuenta de que . . .

Some fish swim left.

Some fish swim right.

Algunos peces nadan a la izquierda.

Otros peces nadan a la derecha.

Some fish
swim in a circle.

Algunos peces
nadan en un círculo.

Some fish swim in a line.

Otros peces nadan en línea recta.

Some fish swim up.
Some fish swim down.

Algunos peces nadan hacia arriba.
Algunos peces nadan hacia abajo.

Some fish swim quiet.

SOME FISH SWIM LOUD.

Algunos peces nadan haciendo ruido.

OTROS PECES NADAN MUY CALLADOS.

Some fish are colorful.

Algunos peces son muy coloridos.

Some fish are plain.

Otros peces son tan naturales.

Some fish look different.

Algunos peces se ven diferentes.

Some fish look the same.
Otros peces son todos iguales.

Some fish are **BIG**.

Some fish are tiny.

ALGUNOS PECES
SON REALMENTE
GRANDES.

Otros peces parecen enanos.

Some fish are smooth.

Some fish are spiny.

Algunos peces son tersos y suaves.

Otros peces son toscos y erizados.

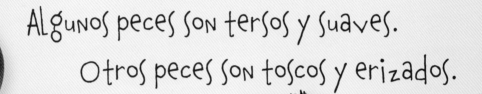

Some fish swim high.

Algunos peces saltan por el aire.

Some fish swim low.

Algunos peces nadan por el fondo.

Some fish swim together.

Algunos peces nadan
siempre en grupo.

Some fish swim

alone.

Algunos peces nadan siempre

solos.

Some fish are RED.

Algunos peces son de color ROJO.

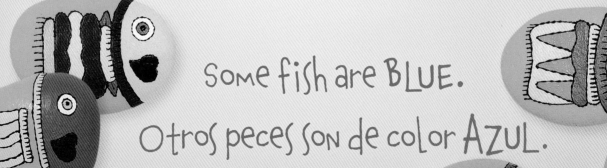

Some fish are BLUE.

Otros peces son de color AZUL.

Some fish swim in the sunshine.

Algunos peces nadan bajo el sol

some fish swim
by the moon.

Algunos peces
buscan menos luz.

Mama and Papa beamed when Adri arrived.

He was excited to tell them what he had discovered in his travels.
Mama and Papa listened eagerly as he told them about all of the fish that he saw.

"There are so many of us!" Adri said.
"We all have something special that only we can share."

Papa agreed. "We can learn so much from each other."
He smiled. "There are millions of fish in the deep blue sea.
That's what makes the world so colorful and beautiful!"

Mamá y Papá están felices de ver a Adri,
que no puede esperar para contarles lo que ha descubierto en sus viajes.
Mamá y Papá escuchan con atención mientras él describe a todos los peces que ha visto.

«¡Somos tantos!» dice Adri.
«Pero todos tenemos algo especial que solo nosotros podemos compartir».

«Hay tanto que podemos aprender unos de otros»,
dice Papá sonriendo. «Existen millones de peces en el inmenso océano azul.
Eso es lo que hace que el mundo sea tan diverso y hermoso».

¡NADA!

¡SWIM!

«La vida es un magnífico viaje, Adri», dice mamá.

«Sé siempre tú.»

"Life is a grand journey, Adri," mama said.

"You be you."

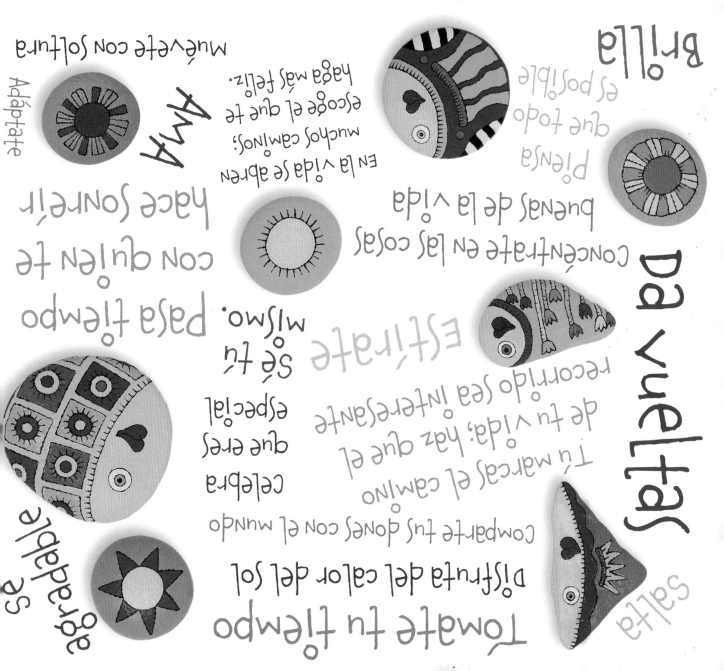

Muévete con soltura

Adáptate

Ama

En la vida se abren muchos caminos; escoge el que te haga más feliz.

Brilla

es posible

que todo

Piensa

con quién te hace sonreír

buenas de la vida

Concéntrate en las cosas

Pasa tiempo

Sé tú mismo.

Estírate

recorrido sea interesante

de tu vida; haz que el

Tú marcas el camino

Da vueltas

celebra que eres especial

Comparte tus dones con el mundo

Sé agradable

Disfruta del calor del sol

Tómate tu tiempo

Salta